A nuestros niños y niñas,
porque son como las nubes,
como los sueños,
van y vienen. — JA

A mi hijo J. Alfonso. — AR

To our children,
because you are like the clouds,
like dreams,
you come and go. — JA

To my son J. Alfonso. — AR

Groundwood Books / House of Anansi Press
groundwoodbooks.com

With the participation of the Government of Canada
Avec la participation du gouvernement du Canada | Canadä

Library and Archives Canada Cataloguing in Publication
Argueta, Jorge, author
Somos como las nubes = We are like the clouds / Jorge Argueta ; pictures
by Alfonso Ruano ; translated by Elisa Amado.
Issued in print and electronic formats.
Text in Spanish and English.
ISBN 978-1-55498-849-5 (hardback).—ISBN 978-1-55498-850-1 (pdf)
1. Unaccompanied immigrant children—Central America—Poetry.
2. Unaccompanied immigrant children—United States—Poetry. I. Ruano,
Alfonso, illustrator II. Amado, Elisa, translator III. Title.
PQ7539.2.A67S64 2016   j861'.64   C2016-901994-2
C2016-901995-0

The illustrations were created in acrylic on canvas.
Design by Michael Solomon
Printed and bound in Malaysia

FSC
www.fsc.org
MIX
Paper from
responsible sources
FSC® C012700

Somos como las nubes

We Are Like the Clouds

Jorge Argueta

Pictures by **Alfonso Ruano**

Translated by Elisa Amado

Groundwood Books
House of Anansi Press
Toronto   Berkeley

Nota del autor

Esta colección de poemas narra la odisea por la que atraviesan miles de niños, niñas y jóvenes de El Salvador, Guatemala, Honduras y México que huyen de sus países por la extrema pobreza y por temor a la violencia. Abandonan todo con la esperanza de una mejor vida.

Escribí estos poemas basados en mis experiencias trabajando con jóvenes inmigrantes tanto en El Salvador, como en los Estados Unidos. En ambos países he tenido la oportunidad de convivir con ellos y escuchar sus testimonios.

Yo también vine a los Estados Unidos huyendo de mi país durante la guerra de los años ochenta.

En el 2014, cuando miles de niños comenzaron a llegar de El Salvador, Guatemala, Honduras y México, visité un albergue en San Diego, California, donde jóvenes refugiados esperaban ansiosamente conocer su destino. Unos tenían la esperanza de que algún familiar se hiciera cargo de ellos para poder permanecer en los Estados Unidos. Otros querían regresar. Algunos querían hacer las dos cosas. Tristes decisiones para corazones tan jóvenes.

Maribel esperaba que su padre la reclamara para ir a vivir con él a Nueva York. "Me hacen falta mi país, mis hermanitos, mis amigos y familiares," dijo con los ojos llorosos.

En El Salvador conocí a Carlos. "Tengo miedo que me recluten las pandillas. No sé qué hacer. Mi papá vive en Los Ángeles. Si me voy, me tengo que ir solo. ¿Me voy o me quedo?"

Como las nubes, como los sueños, nuestros niños van y vienen. Nada ni nadie los puede detener.

Author's Note

This collection of poems describes the odyssey that thousands of boys, girls and young people from El Salvador, Guatemala, Honduras and Mexico undertake when they flee their countries because of extreme poverty and fear of violence. They abandon everything in hope of a better life.

I wrote these poems based on my experiences of working with these young people in El Salvador as well as in the United States. I have been able to share their experiences and listen to their testimonies.

I also came to the United States fleeing my country, El Salvador, during the war in the 1980s.

In 2014, when thousands of children began to arrive from El Salvador, Guatemala, Honduras and Mexico, I visited a shelter in San Diego, California, where young refugees were anxiously awaiting their fate. Some had the hope that a family member would take charge of them so they could remain in the United States. Others wanted to go back home. Others wanted to do both. Sad choices for such young hearts.

Maribel was waiting for her father to come and take her to live with him in New York. "I miss my country, my little brothers, my friends and family," she said, with tears in her eyes.

On a recent visit to El Salvador I met Carlos, who said, "I am afraid of being recruited by the gangs. I don't know what to do. My father lives in Los Angeles. If I go, I have to go alone. Should I go or stay?"

Like the clouds, like dreams, our children come and go. Nothing and no one can stop them.

Somos como las nubes

Elefantes, caballos, vacas, cuches,*
flores,
ballenas,
pericos.

Somos como las nubes.

Pupusas,
tamales,
alboroto,**
dulce de algodón.

Somos como las nubes.

Milpa en flor,
ayotes y sandías,
loros y piscuchas,***
y el gran volcán de San Salvador.

We Are Like the Clouds

Elephants, horses, cows, pigs,
flowers,
whales,
parakeets.

We are like the clouds.

Pupusas,
tamales,
popcorn balls,
cotton candy.

We are like the clouds.

Cornfields in bloom,
pumpkins and watermelons,
parrots and kites,
and the huge San Salvador volcano.

* puercos, cerdos
** bolitas de maíz con azúcar negra
*** barriletes, cometas, piscuchas o papalotes, según el país

Mi barrio

En mi barrio, San Jacinto,
hay un perro que puede silbar,
una gata que puede bailar,
un gallo que se mira en el espejo
y en vez de cantar,
come paletas* de coco
de las que vende
don Silverio.

My Neighborhood

In my neighborhood, San Jacinto,
there's a dog that can whistle,
a cat that can dance,
a rooster that looks in the mirror
and, instead of crowing,
eats coconut popsicles
sold by Mr. Silverio.

Los azacuanes**

Los azacuanes son pájaros
que anuncian el verano
y también el invierno.
Dice don Genaro
que los azacuanes
son los sabios de mi país,
El Salvador.

The Azacuanes*

The azacuanes
are birds that
announce the summer
and the winter, too.
Mr. Genaro says
the azacuanes
are the wizards of our country,
El Salvador.

El árbol de fuego

Se está quemando
la mañana,
la tarde,
la noche.

En hamacas pequeñas
como alas rojas
se mecen las flores
del árbol de fuego.

Flame Tree

The morning is burning,
the afternoon is burning,
the night is burning.

The flowers on the branches
of the flame tree
sway in their little red-winged
    hammocks.

* palitos o helados de agua con sabor
a fruta
** aves rapaces

* Swainson's hawks

El barrio La Campanera

La Campanera
no tiene campanas.
Tiene pintados.

Los pintados.

Los pintados
aparecen por las noches,
los pintados
aparecen por la tarde
y por las mañanas.

Los pintados
aparecen a todas horas.
Los pintados
tienen los ojos duros.

En sus brazos, caras,
pechos y espaldas
viven, como culebras,
los tatuajes.
A mí me da miedo que
esas culebras me vayan a picar.

La Campanera* Neighborhood

La Campanera
has no bells.
It has painted men and women.

The painted ones.

The painted people
come out at night,
in the afternoon,
in the morning.

The painted people
come out at all hours.
They have hard eyes.

Their arms, faces,
chests and backs
are homes
to tattoos
like snakes.
I'm afraid of those snakes.
They might bite me.

* bell tower

El Palabrero

Es el jefe.
Es el que le dice a la clica:*
Aquél, aquélla.
Yo no quiero ser aquél o aquélla.
Vámonos, le digo a mi papá.
Vámonos, le digo a mi mamá.
Vámonos lo más lejos
que podamos
de esas palabras.

The Talker

He is the boss.
He is the one who tells the gang,
Hit this one, hit that one.
I don't want to be this one or that
    one.
Let's go, I say to my father.
Let's go, I say to my mother.
Let's go as far away as we can,
where those words
can't touch us.

* pandilla o mara

iPod

Hoy se fue iPod
para Guatemala.
Me dijo que si podía
llegaba hasta México.
Y si podía hasta Arizona.
Y si podía hasta Washington
donde ahora vive su mamá.

iPod,
mi buen amigo,
que te vaya bien.
Yo voy a cuidar de tu perro.
De tu iPod, no sé cómo,
lo vendiste para comprar
tu pasaje de autobús.

iPod

iPod left today
for Guatemala.
He told me, If I can
I will go to Mexico.
And if I can to Arizona.
And if I can to Washington
where my mother is living.

iPod,
my good friend,
I wish you a safe trip.
I will take care
of your dog.
Of your iPod, not so much,
since you sold it
to buy your bus ticket.

Las Chinamas*

Cuando pasamos por
la frontera en Las Chinamas
vi el río Paz.
Sus aguas corren
sonriendo entre las piedras.
Aquí los cenzontles**
no paran de cantar.

Yo recordé
el patio de mi escuela,
las gualcalchillas***
y a mi maestra,
la señorita Celia.

Recordé a mi mamá,
a mis hermanos,
a mis hermanas.
Quién sabe cuándo
vamos a volver.
Yo miro hacia el cielo
y pienso:
Somos como las nubes.

* frontera entre El Salvador y Guatemala
** pájaros conocidos por su canto
*** pequeños pájaros

*Las Chinamas**

When we crossed
the border at Las Chinamas,
I saw the river Paz.
Its water runs smiling
between the rocks.
Here the cenzontles**
never stop singing.

I remembered
our schoolyard,
the gualcalchillas,***
and my teacher
Miss Celia.

I remembered my mother,
my brothers,
my sisters.
Who knows
when I will see them again.
I look at the sky
and think,
We are like the clouds.

* the border between El Salvador and
Guatemala
** mockingbirds
*** small songbirds

Me dice mi papá

Si yo fuera niña,
me gustaría correr
escuchando los pajaritos.
Me iría a la escuelita.

Mi mamá se llamaría Cordelia.
Viviríamos cerquita,
muy cerquitita del mar.
Yo le diría hola a la luna.

No me daría miedo
ninguna Bestia.*
Todos serían mis hermanos y
    hermanas.
El mundo sería mi hogar.

Si yo fuera niña,
cantaría una canción
para que la escuchen
los sapos.
Con ellos daría un salto
y no nos alcanzaría nadie, ni nada.

My Father Tells Me

If I were a girl,
I would love to run
and listen to the little birds.
I would go to a little school.

My mother's name would be
    Cordelia.
We would live close, close, close
to the ocean.
I would say hello to the moon.

I wouldn't be scared
of any Bestia.*
We'd all be brothers and sisters.
The world would be my home.

If I were a girl,
I would sing a song
for the frogs.
I would jump with them
and no one and nothing
could keep up with us.

* nombre que se le da al tren en el que viajan
los migrantes

* Beast — the name for the trains the migrants
travel on

El desierto

Voy corriendo por el desierto
con mi mami.
Ella me toma
la mano.

Yo miro las estrellas.
Cada una de ellas,
como sus manos,
me guía con su luz.

The Desert

I am running through the desert
with my mother.
She takes
my hand.

I look at the stars.
Each star,
like her hand,
guides me with its light.

Los grillos

En el desierto cantan los grillos.
Calladita junto al pecho de mi mami
escucho saltar y cantar
al grillo de su corazón.

The Crickets

In the desert, crickets sing.
I cuddle at my mother's chest.
I hear her cricket heart
leap and sing.

La arena del desierto

Es bien suavecita la arena del desierto.
Me recuerda las playas de El Salvador.

Dice el señor Coyote
que pronto llegaremos.

A mí me dan ganas de regresarme
a ver a mi papi.

Él se quedó llorando.
Ya no llores, papi.

Cuando esté con mi mami
te vamos a mandar un beso

igual o más grande
que la luna.

The Desert Sand

The desert sand is very soft.
It reminds me of the beaches of
    El Salvador.

The coyote tells us
we are almost there.

I feel like going home
to see my dad.

He stayed behind, crying.
Stop crying, Dad.

When I get to my mother,
we will send you a kiss

just as big
or bigger than the moon.

Caballo de carrera

En la espalda de mi papá
me pongo a cabalgar.
No me puedo quejar.
No hay en todo el
      desierto
caballo tan hermoso
ni tan veloz
como Felipe, mi papá.

Racehorse

I get up on my father's back
for a ride.
I can't complain.
Here in the desert
there is no horse as
beautiful
or as fast
as my father, Felipe.

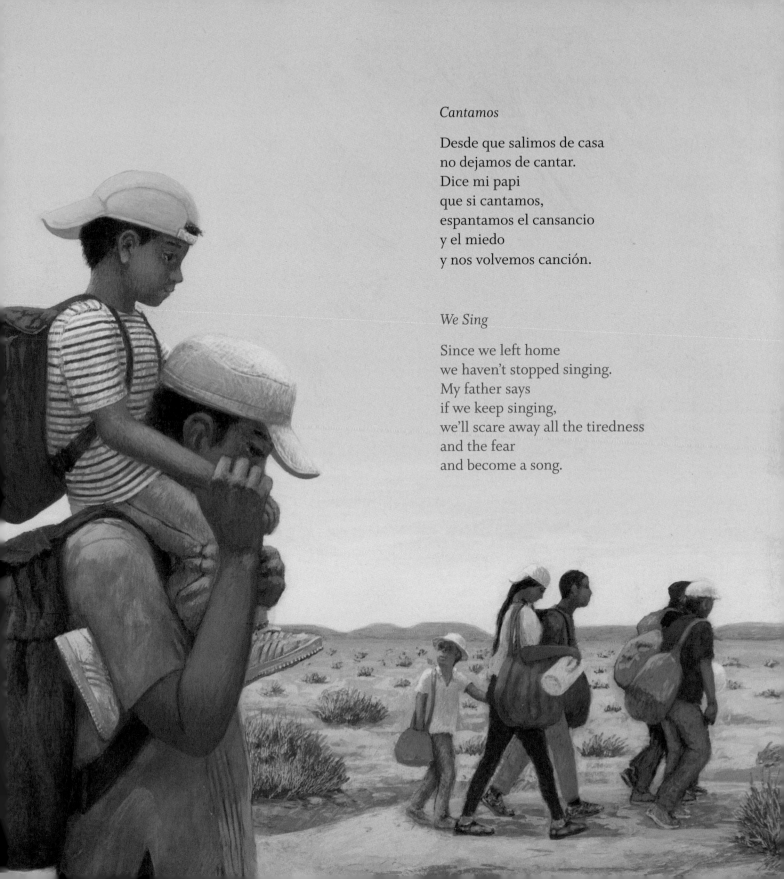

Cantamos

Desde que salimos de casa
no dejamos de cantar.
Dice mi papi
que si cantamos,
espantamos el cansancio
y el miedo
y nos volvemos canción.

We Sing

Since we left home
we haven't stopped singing.
My father says
if we keep singing,
we'll scare away all the tiredness
and the fear
and become a song.

Nos presentamos a la patrulla

Yo vengo de El Salvador.
Yo de Guatemala.
Yo de Nicaragua.
Yo de Honduras.
Yo de México.

Recuerdo mi nombre.
Me llamo Misael.
Soy de El Salvador,
de Soyapango.
Yo de San Jacinto.

Tengo catorce años
y voy rumbo a Washington.
Allá viven mis primos.
Aquí en el desierto
somos una gran familia de estrellas.

*We Introduce Ourselves
to the Border Patrol*

I'm from El Salvador.
I'm from Guatemala,
I'm from Nicaragua,
I'm from Honduras,
I'm from Mexico.

I remember my name.
It is Misael.
I came from El Salvador,
from Soyapango.
I'm from San Jacinto.

I am fourteen and
on my way to Washington.
My cousins live there.
Here in the desert
we are a huge family of stars.

Me llamo Ramón

Me llamo Ramón.
Vengo de El Salvador.
Voy a Los Ángeles.

Los ángeles
no están en el cielo.
Están detrás de las lomas,
más allá del desierto.

My Name Is Ramón

My name is Ramón.
I come from El Salvador.
I am going to Los Angeles.

The angels
are not in the sky.
They are behind the hills,
beyond the desert.

El Santo Toribio

Santo Toribio,
santo de los inmigrantes,
muéstranos el camino.
No nos dejes caer en manos de la migra,*
ni de los traficantes,
y mucho menos de los "minutemen".**
Tú que eres el buen coyote,
protégenos, llévanos,
y líbranos de todo mal. Amén.

* así le dicen a la patrulla de la frontera
** patrullas privadas

Santo Toribio

Santo Toribio,
saint of the immigrants,
show us the way.
Don't let us fall
into the hands of the migra,*
and never in the hands of the traffickers,
or worse, the minutemen.**
You who are the good coyote,
protect us, lead us.
Deliver us from all evil. Amen.

* short for Immigration Services
** armed patrols of civilians

Somos como las nubes

Somos como las nubes.
Somos como el viento.
Somos como las mariposas.
Somos como los ríos.
Somos como el mar.

We Are Like the Clouds

We are like the clouds.
We are like the wind.
We are like the butterflies.
We are like the rivers.
We are like the ocean.

Sueño

Sueño
que estoy con mi mami.
Sueño que estoy con mi papi.

Sueño que estoy en Los Ángeles.
Sueño que estoy en El Salvador.
Sueño que estoy en Honduras.
Sueño que estoy en Guatemala.
Sueño que estoy en México.

Mi mami me abraza
y me dice:
Esto no es un sueño.
Estás en mis brazos.
Estás en Los Ángeles.
Eres un campeón.

Dream

I dream
I am with my mom.
I dream I am with my dad.

I dream I am in Los Angeles.
I dream I am in El Salvador.
I dream I am in Honduras.
I dream I am in Guatemala.
I dream I am in Mexico.

My mother holds me
and tells me,
This is not a dream.
You are in my arms.
You are in Los Angeles.
You are a champion.

El vendedor de paletas*

Don Celsio
con su carretón
blanco como las nubes,
va alegre por las calles
de Los Ángeles
y siempre nos saluda
con sus bromas de sabor.

Hoy llevo paletas
de bicicleta con limón,
de lápiz con coco,
y también
llevo paletas de flores.

Llevo paletas de sombra,
llevo paletas de ajo,
de elefante
y también de tiburón.

Llevo paletas
de sombreros,
de relojes y guitarras,
de risitas y risotas.
Llevo paletas de alegría.
Cada paleta
es un árbol
de tamarindo,
de mango
o de limón.

Llevo paletas
para cantar
y paletas para volar.
Llevo paletas para bailar
y paletas para soñar.
Llevo paletas
como las nubes.

Somos las nubes.

* palitos o helados de agua con
sabor a fruta

The Paleta* Seller

Señor Celsio
cheerfully pushes
his cloud-like cart
through the streets
of Los Angeles.
He always says hello
with a tasty joke.

Today I've got paletas
of lemon bicycles,
coconut pencils
and flower paletas, too.

I've got
shadow paletas,
garlic paletas
and elephant
and even shark paletas.

Today I've got
hat paletas,
clock and guitar paletas
and tiny giggle and
laugh-out-loud, happy paletas.
Each paleta
is a tree —
a tamarind,
a mango
or a lemon tree.

I have paletas
for singing and
paletas for flying.
I have dancing paletas,
dreaming paletas.
And I have paletas
like clouds.

We are the clouds.

* fruit popsicles